SOBRE A CAPACIDADE DE AMAR E OUTROS ASSUNTOS POÉTICOS

WALCYR CARRASCO

SOBRE A CAPACIDADE DE AMAR E OUTROS ASSUNTOS POÉTICOS

Copyright © Walcyr Carrasco, 2019
Copyright © Editora Planeta do Brasil, 2019
Todos os direitos reservados

Preparação: Thaís Rimkus
Revisão: Laura Folgueira
Projeto gráfico e diagramação: Márcia Matos
Capa: André Stefanini

**Dados Internacionais de Catalogação na Publicação (CIP)
Angélica Ilacqua CRB-8/7057**

Carrasco, Walcyr
  Sobre a capacidade de amar e outros assuntos poéticos: microcontos e pensamentos / Walcyr Carrasco. -- São Paulo: Planeta do Brasil, 2019.
  240 p.

ISBN: 978-85-422-1594-6

1. Literatura brasileira 2. Contos brasileiros 3. Mensagens 4. Poesia I. Título

19-0592   CDD B869

2019
Todos os direitos desta edição reservados à
Editora Planeta do Brasil Ltda.
Bela Cintra, 986 – 4º andar – Consolação
01415-002 – São Paulo-SP
www.planetadelivros.com.br
faleconosco@editoraplaneta.com.br

A todos os meus seguidores no Instagram.

EU E A INTERNET

Amo a internet. Sei que tem uma porção de gente mal-humorada que vê mil demônios na web. Eu não. Ser escritor é uma profissão solitária. É muito glamorosa de fora. Mas no dia a dia a gente passa horas e mais horas trancado dentro de casa, olhando para a tela do computador. Eu, ainda pior, tenho preguiça de sair, adoro ficar no meu cantinho. Um dia descobri que só conhecia o mesmo tipo de pessoa, e amigos... pouquíssimos. Mas aí, também descobri a internet. Conheci gente das áreas mais diferentes, meu universo se enriqueceu. Na internet, principalmente no Instagram, a comunicação é rápida. E muitas vezes falsa, já que tem gente que pega emprestadas roupas para fotografar e depois bota o jeans surrado de todo dia. Ou se hospeda num hotel de luxo, gratuitamente, durante uma tarde. Faz dezenas de fotos e posta como se tivesse ficado uma semana! Ninguém para e lê um texto longo – às vezes, no Facebook, sim. Mas se for muito longo... Sei não!

Então, eu pensei. Será possível exercer a escrita, criar literatura ou poesia em poucas linhas? Bem, eu escrevo novelas, além de livros e peças de teatro. A arte da novela é fazer uma trama durar meses, sem perder o interesse. Mas há um segredo, que dedico aos futuros autores. Nenhuma trama é realmente boa se não puder ser contada em poucas linhas, no primeiro dia, quando se oferece a alguém. É possível, em poucas linhas, contar uma história ou fazer uma reflexão, uma poesia! Comecei a postar um microconto todas as noites. (Quase todas porque, às vezes, saio, vejo amigos. Não é uma obrigação, mas prazer.) Alguns, falando de mim. Outros, de histórias que vi ou criei. A receptividade foi intensa, muita gente me escreve dizendo que viveu exatamente isso ou aquilo. Ou simplesmente: "Só verdades"! Isso me toca muito. E, de repente, descobri que era uma nova forma de exercer a criatividade como escritor. Já ouvi que sou criador de um gênero, o microconto. Será?

Eu queria simplesmente expressar minhas emoções, meu modo de ver a vida, histórias que me tocam. Ofereço este livro com meus microcontos e pensamentos reunidos. Compartilhe comigo. Sinta-se abraçado. Porque, enquanto você está lendo estas linhas, me sinto abraçado também.

WALCYR CARRASCO

Primeira parte

EU

Às vezes eu me via
como personagem de uma peça
já escrita por alguém.
Nela, pai, mãe, amigos
tinham sempre as mesmas falas.
Esperavam as mesmas respostas.
Foi então
que decidi reescrever
minha vida.

Termino de escrever
e me despeço dos personagens.
Dói muito,
são amigos que partem.

Um autor vive sua própria magia.
Os personagens são vivos,
amigos com quem converso
no dia a dia.
Agora, próximo do fim,
não queria parar de escrever.

Escrevo,
logo existo.

Ao me despedir
dos personagens que criei,
dou adeus
a pedaços de mim mesmo.
Seus olhos são dois abismos
esperando que eu me atire neles.

"Quem sou?", às vezes me pergunto.
Sou meus personagens?
Ou meus personagens são eu?

Ficção é difícil de escrever
num país onde a realidade
supera minha imaginação.

Eu ri com todo esse circo
até descobrir
que o palhaço sou eu.

Não consigo falar
de amor e de flores
quando as ideologias murcham.

Em uma antiga fotografia
vejo o menino que fui.
Sou o mesmo e não sou.
Se hoje aquele menino
me conhecesse, eu não sei...
Ele gostaria de mim?

Nos anos da juventude,
sonhava com um mundo melhor,
sem miséria e sem dor.
Amigos mortos, exilados,
sacríficos eram válidos.
O tempo passou, e descobri
que aqueles que sonhavam
hoje desejam jantares e vinhos.
Sinto que restei solitário,
último romântico
mergulhado na desesperança.

Desde menino me explicaram
que é preciso ser racional,
ter uma vida planejada e matemática.
Mas a razão não explica o amor
que sinto tão intensamente,
como o sol não explica o sol.
A vida que me ensinaram, tão prática
não faz meu coração brilhar.

Um dia, ainda bem jovem,
eu me vi diante de dois caminhos.
De um, sabia trajeto e fim;
o segundo era o risco.
Aceitei minha intuição,
andei o desconhecido.
Hoje sou o que sou e gosto.
A intuição é a arma poderosa.

Amor é
quando eu espero
e ao toque da campainha
meu coração estremece.

Se meu amor chora lá,
lágrimas escorrem aqui.

Agradeço à vida
o dom mais precioso:
a capacidade de amar.

Tento entender o amor,
a cabeça embaralha.
Amor, o coração sente
simplesmente assim.

Muitas vezes não sei o que fazer,
olho as estrelas e digo:
— Deus, está nas suas mãos!
E ele sempre resolve para o meu bem.

Acreditar é o único caminho
para eu me aproximar de Deus
e de sua emanação luminosa.

Pergunto às estrelas
se a vida tem sentido,
mas amar e ser amado
é que traz significado.

A vida que me ensinaram,
tão segura, mas sem sonhos,
nunca foi a que quis.
Eu prefiro me arriscar
e viver a vida. Mas que vida?
A vida que eu inventei.

Busquei a felicidade
ansioso por uma miragem,
até descobrir que o importante
era o caminho a ser percorrido.

Em cacos e caos,
minha imagem mil vezes refletida.
Ainda inteiro, resisto
em cada pedaço de espelho.
E me levanto, já sei:
do caos virá o renascimento.

Meus sonhos amargurados,
mil vezes lamentei.
Um dia descobri:
meu inimigo maior era eu.
Aprendi novo caminho,
sou meu melhor amigo.

Meu amor viaja, volta,
traz um amuleto chinês
para dar sorte e proteger.
Um gesto significa
mais que mil palavras.

Sempre fiz todo o necessário,
até descobrir que o desnecessário
é uma delícia.

Há um mundo paralelo,
de matéria imaterial.
Percebo às vezes
uma sombra, um vulto,
quero tocar e não há.
Mas no desconhecido
existem sentimentos
próximos de mim
tocando a vida.

Leve, leve
nas palavras
minha alma voa
nas planícies
do infinito.

Era tanta beleza,
eu tremia só de olhar.

Pirâmides e templos perdidos
de faraós e reis esquecidos.
Do cosmos, o grande plano.
Sou só poeira do tempo,
gota d'água no oceano,
eternidade e momento.

Astros e planetas
executam uma dança
em harmonia no céu.
Só o amor me faz
vibrar a mesma
harmonia celestial.

Eu sinto um vazio, sabe?
São tantas cicatrizes,
amores que eram belos
e não são mais.
Tento reencontrar a alegria
de viver.

Pisar em lugares antigos
onde vivi em menino
lembrou meu primeiro amor.
Reencontrar essa emoção pura
é o que mais busco na vida.
Sou capaz?

Tenho medo das certezas,
horror das teorias da vida,
nas incertezas e intuições
encontro meus caminhos.

Se tenho dúvidas,
espero os sinais da vida.
Eles vêm,
e caminho cegamente
em sua direção.

Perco um amor,
algo morre aqui dentro,
mais um pedaço de mim.
Ainda consigo sonhar?

É um amor pobre,
aquele que se pode medir.
Um grande amor não tem tamanho.

Mergulho no lago da memória,
busco uma pedra no fundo,
vem o sentimento perdido
nas curvas da existência.
A emoção volta e agradeço
lágrimas e sorrisos que vivi.

Na vida em labirintos,
busco caminhos,
mas sempre posso
voltar atrás
e começar de novo.

Dói quando descubro
que meu amor é
uma via de mão única
em uma rua sem saída.

O amor é como
um território desconhecido
que desbravo sem guia
em idas e vindas
vivendo sentimentos.

De amores, eu fugi
por medo de mergulhar.
Hoje sinto saudades
do que poderia ter sido.
São vidas que não vivi
e chances de outros
passados, presentes e futuros.

Cresci aprendendo
a dizer "sim",
até descobrir o "não"
e construir meu próprio caminho.
O "não" é libertação.

Eu vejo tantas teorias
sobre o amor,
mas por trás delas se esconde
muitas vezes um grande egoísmo,
o mesmo de deixar fluir o sentimento.
Amor é energia,
é risco.

Quando escrevo, eu me entrego,
atiro-me em abismos interiores,
vejo surgir personagens
que me revelam seus mundos.
Cada frase
escrita com alma e sangue.

Já fui pedra, já fui árvore,
animais de tantos tipos
e tantas outras pessoas
em permanente evolução.
Por que temer
o que vem depois?

Ouço a voz do silêncio:
é mais poderosa
que um grito.

Hoje é dia de lutar
pelo seu sonho.
O tempo passa
de qualquer maneira.

Lutar por um sonho
é o mínimo que devemos a nós
mesmos.
Se der certo, vem a plenitude,
mas, se não acontece, não se morre.

Aquilo que é seguro
também pode ser triste.
Arriscar-se no inseguro
é a única maneira
de viver um sonho.

Só existe amor
quando há admiração;
ninguém ama
se só despreza.

Paixão é fulminante
e faz meu corpo arder,
mas o amor verdadeiro
é aquele que traz paz.

O que insistem
que a gente deve fazer
muitas vezes é o contrário
do que se deve fazer.

A porta se destranca
se um antigo amor voltar
ou vier um novo.
Entre,
meu coração está aberto.

👓

Para quem felicidade
é uma vida de luxo,
só resta a miséria interior.

👓

Basta um gesto
de generosidade
na hora certa
para mudar uma vida.

A grande paixão do artista
é o ser humano.

👓

Tinha tantos sonhos: ser famoso,
atuar grandes papéis.
Depois dos trinta, teve que trabalhar
como vendedor para ajudar em casa,
pois não tinha um plano B.
Seus sonhos eram vazios.
Não há céu para tantas estrelas.

👓

Quando leu
aquele livro de memórias da dama da
literatura, apaixonou-se pela escritora
quando jovem
e passou o resto da vida
querendo voltar no tempo.

Queria saber do futuro.
a cartomante abriu o baralho,
engasgou e começou a chorar.
Ele nem teve coragem de continuar.
Saiu correndo antes de qualquer
previsão.

Eu imaginava que teria uma vida.
Descobri que tinha que me preparar
para a vida que chegou para mim.
Nem sempre é preciso insistir nos
sonhos.
O futuro pode ir além
e trazer o impossível.

Não sei como aconteceu.
De repente falam em bombas nucleares,
diplomatas expulsos, tensão para todo lado.
E o fim do mundo pode estar cada vez
mais próximo.

ᴗᴏ

Nem cartomante nem astrólogo:
se quer prever o futuro,
invente sua própria vida.

ᴗᴏ

Às vezes basta
atravessar uma porta
para o novo.

Ser rico
é saber ser feliz com o que se tem.

Quem leva uma vida simples
pode ter uma grande missão
que poucos valorizam,
mas que na humildade é gloriosa.

Ser simples
é a forma mais sofisticada
de viver.

ഠഠ

O complicado é descobrir
que a vida
pode ser simples.

Adoramos a cruz
e o sofrimento,
mas sempre podemos
renascer de nossas cinzas
na mesma vida, muitas vezes.

☗

Da vida, nada se leva,
mas a alma leva tudo.

☗

Seja o herói
de sua própria vida.

☗

A vida é feita de escolhas,
amores, trabalhos, caminhos,
às vezes sinto vontade de voltar
e de vez em quando ser outra pessoa.

Vergonha quando
o nome de Deus
é usado para demagogia.

☯

Saudade, sentimento estranho,
já começa antes da despedida.

☯

Deus não foi nem será,
simplesmente é,
em sua magnífica eternidade.

☯

Nem sempre diga "sim"
a tudo que lhe pedem;
até pode doer,
mas o não fortalece.

O Brasil não precisa
de furacões, tsunamis,
vulcões e terremotos,
tem políticos e ciclovias.

O problema é que
no fundo do poço
sempre tem mais fundo.

⌐◯◯⌐

Amigo não rompe com amigo
por causa de política.
Políticos mudam,
amigos ficam.

Viver é como um rio:
águas que percorrem caminhos,
curvam-se, caem em cascatas;
sempre sou eu
e nunca sou eu mesmo.

◯◯

Há uma partícula de luz
dentro de cada um.
Muitas vezes obscura,
perdida em precipícios,
e demônios interiores.
O caminho do amor
é o que mais persigo
para me tornar todo
luminoso.

A vida não é uma linha reta,
mas uma espiral.
Cada nova experiência
é uma renovação.

ᴏ─ᴏ

Dia a dia, tudo igual
igual igual igual.
Tirei a pele do hábito
em busca do original.

ᴏ─ᴏ

Quando chegar o momento
da transformação,
viva com alegria.
Ela acontecerá
de qualquer maneira.

Não se cubra de razão,
cubra-se de amor,
e você descobrirá
a razão de tudo.

A alma é absoluta,
um dia se liberta da matéria
e voa sobre
as planícies do infinito.

O amor é necessário.
Como o pão, a água
e todo alimento,
o amor alimenta a alma.

"Amor" é uma palavra linda,
mas há quem use
para tirar algo de você.

A vida é como uma casa
que cada um constrói.
Cuide de alicerces,
telhados, portas, janelas,
senão ela cai, chove dentro
ou entra quem você não deseja.
Faça uma casa linda
onde você goste de morar.

A vida é uma viagem
pela geografia da alma.
Há riscos de cair
nos próprios precipícios
ou de ser aprisionado por demônios
que gritam em lados obscuros,
mas também se pode percorrer
um caminho luminoso.
É minha, é sua a escolha.

Pensamos ser escolhas
a simples repetição
de outras vidas.
Até aceitarmos a mudança,
a borboleta deixa o casulo.

Há fases em que
nada dá certo,
e a gente reclama
do destino,
mas a roda da vida
gira gira gira.
Pensamentos e ações
a fazem parar
onde você tanto quer.

Era um poeta.
Queria tocar o mundo, falar das
grandes hipóteses humanas,
até descobrir que as pequenas coisas
da vida, uma folha, um pássaro, um
sorriso, encantavam o Universo.

O cosmos é um só,
somos irmãos das estrelas.

👓

A felicidade só acontece
quando a gente
está pronto para ela.

👓

Amar a si mesmo
é o primeiro passo
para amar alguém.

👓

Se você estiver
de coração aberto,
o amor
saberá entrar.

👓

A pior atitude
é aquela
que não se toma.

Quando as coisas
não vão bem em sua cabeça,
elas não vão bem
em lugar nenhum.

◯◯

A vida envia sinais,
só é preciso
prestar atenção.

◯◯

O Universo conspira
a seu favor
quando você não conspira
contra ninguém.

Viver é como cozinhar:
sempre vale a pena
criar uma nova receita.

👓

Se você tivesse
uma nova chance,
faria algo diferente?

👓

Todo problema
É uma oportunidade
De fazer melhor.

👓

A mudança dói,
mas pense na dor
da lagarta no casulo
ao se transformar
em borboleta.

A criatividade
faz brilhar a luz
do ser humano.

⌒⌒

A vida
é um sopro.

⌒⌒

A vaidade
nos deixa
burros.

Franqueza pode ser
a melhor forma
de conquistar inimigos.

Da lágrima
nasce
a força.

Conformar
ou
transformar,
eis a questão.

Acredite em você,
e o mundo acreditará também.

Diga-me o que escrever,
e eu te direi
quem és.

É preciso sabedoria
para aceitar o que dói;
é preciso mais sabedoria ainda
para aceitar a alegria.
A maioria de nós tem uma chavinha
dentro de nós gritando:
"Você não merece ser feliz.
Não merece, não merece!".

Quando alguém fala,
ouça o que está por trás
das palavras;
o que não é dito
é mais importante.

Não se evolui só através
do sofrimento,
mas também ao aprender
a aceitar e receber
o que a vida traz de bom.

Cuide de seu jardim,
e as borboletas virão.

⌒⌒

Em terra de cego,
quem tem um olho
apanha.

⌒⌒

Sinceridade
incomoda.

⌒⌒

Amor sem conexão espiritual
é como uma árvore seca
de tronco oco.

⌒⌒

A dor
combina
com o silêncio.

Ser feliz
não exige fórmulas
complicadas,
basta querer bem
e será querido também.

👓

O poder
corrompe a alma.

👓

Abandone as mágoas
do passado,
viva o agora
para preparar
um caminho brilhante
no futuro.

👓

No caldeirão da vida,
você mesmo
cria sua poção mágica
e transforma chumbo em ouro.

O amor
deveria vir com
manual de instruções.

👓

No amor há
uma fronteira tênue
entre a felicidade
e a melancolia,
às vezes não sei
onde estou.

👓

O amor não precisa
de regras, restrições
nem teorias de como de ser,
só de sentimentos
e entrega plena.

Digam o que disserem:
o ciúme
é o tempero
do amor.

A vida é como um rio;
nade a favor da correnteza
e não contra,
perceba para onde vai o rio,
faça sua parte,
e tudo fluirá melhor.

Segunda parte

OS OUTROS

segunda parte

Descobri que o segredo
para entrar em conexão
com minha luz interior
é sentir compaixão
por quem precisa.

A vida amorosa é complicada.
O "não" eu já tenho.
Agora corro atrás da humilhação.

👓

Eu te reconheci
no primeiro olhar
de uma vida passada, talvez,
ou da vida com que sonho agora.

👓

Às vezes eu não queria ser eu,
mas simplesmente outra pessoa.
Quem eu queria ser, não sei,
só alguém diferente.
Quem nunca teve essa sensação?

👓

Um sorriso, um olhar,
e já sinto
que conheci alguém
a vida toda.

Debaixo das tintas
de uma linda tela,
havia um rascunho pior.
Quando te conheci no fundo,
descobri outro desenho.
Era só aparência.

☗

Dois dias sem te ver,
sinto o mundo acabar.

☗

Existem o tempo do relógio
e o tempo do amor.
Quando estou com você,
as horas passam depressa,
mas o tempo para,
e a vida vira um instante.

☗

Seu sorriso, um olhar,
é o suficiente
para minha alma renascer.

Enquanto seus dedos deslizam
em meus cabelos, nos carinhos,
eu descubro que as grandes paixões
acontecem em pequenos gestos.

◯◯

Intimidade é real
se basta um olhar
para eu saber de você
e você, de mim.

◯◯

Minha cachorra corre,
lambe meus dedos, me ama.
Veio para mim filhotinha,
das mãos de um amor
que, por ela, nunca esquecerei.

Olhar safado atrai,
carinho emociona;
juntos os dois, apaixono.

👓

Engorda, meu bem,
te ajudo a emagrecer
do jeito que só eu sei.

👓

Se demoro, você cansa.
Rapidinho ninguém gosta.
Qual é a velocidade ideal?

👓

A aranha me envolveu
em sua teia.
Descobri, eu era a mosca
que ela queria sugar.
Doeu, gemi, me libertei,
e minhas asas me levaram
ao encontro de outro amor.

Uma noite anônima
depois da balada,
tempos depois nos vemos
por acaso por aí,
cada um com seu par,
sequer nos cumprimentamos.
Não significou coisa alguma,
sexo é diferente de amor.

👓

Sexo pelo sexo
é bom,
mas com amor
se supera o mero ato
e vem uma faísca divina.

👓

Sexo, sexo, sexo.
Só sexo
não constrói o amor.

Se rola, rola;
se não rola,
não enrola.

Ele a convenceu a fazer sexo com outro
casal.
Ela se apaixonou pelo outro, que
largou da mulher e se casou com ela.
O marido que desejava tantas
aventuras ficou sozinho.

Ela delira com orgias
se vê em filme pornô,
mas só vai a baladinhas,
casamento e batizado.
A todos, o dedo aponto
em nome de sua moral,
enquanto por dentro arde
desejos escondidos.

Quem inventou o sexo oral
não gostava de conversa.

Era minha melhor amiga,
até eu descobrir:
ela mente
como respira.

Quando eu era criança,
uma professora
disse as palavras certas,
que caíram como sementes
em meu coração.
Até hoje tenho em mim
um pedacinho dela.

Foi só um momento,
eu entrava no metrô,
ela saía.
Rápido sorriso,
eu nunca a esqueci.
Vivo agora o mistério:
como nunca esquecer
quem jamais conheci?

De um antigo amor,
lembro-me subitamente,
sem explicação, do nada,
penso em como estará agora
e sinto saudades
do que poderia ter sido.

ᴏ‍ᴏ

Muitas vezes menti
ao beijar
pensando em outro alguém.
Ninguém merece,
mas de repente outra pessoa
grita em minha lembrança.

Todos os amores de minha vida
são reflexo do primeiro
grande e inesquecível amor.
Busco sempre aquele olhar,
o sorriso e o sentimento.
Às vezes sinto vazio, cansaço
de procurar sempre e sempre
quem para sempre perdi.

Amor tão intenso
acontece porque
você se tornou
um pedaço de mim.

☞☜

Nos momentos difíceis,
seguro tua mão,
te abraço, te beijo
e me sinto ancorando
em nós dois.
Amor só existe
quando um faz bem
para o outro.

☞☜

Eu não vi aquele vídeo
do estupro.
Só de ver já me sentiria
cúmplice.

Quando minha solidão
encontrou a tua,
nossos universos
se tornaram um só.

Ouço teus pensamentos,
adivinho teus desejos,
e basta teu sorriso
para eu me sentir feliz.

👓

Eu busco o infinito,
meu amor ecoa a música
do universo,
sua luz me faz evoluir.

👓

Teu sorriso
é uma poesia
para meu coração.

👓

Nos teus olhos,
encontro
teu infinito.

Dói encontrar um amor
anos e anos perdido,
sorrir, oferecer um café
e diante da surpresa
descobrir que nem fui
reconhecido.

◯◯

Descobri a traição,
magoei, em fúria rompi.
Nos encontramos depois,
ainda havia sentimento,
perdoei, esqueci.

◯◯

Meu coração em branco,
de tintas você coloriu.
Negro seu lado obscuro,
o vermelho da paixão
e o azul suave do amor.

Nosso amor fixado
como estátua no mármore.
Inesquecível, inigualável
para sempre.

ᴖᴖ

Nosso amor era feito de reticências
e de ?????????????????????????????
Não pude mais, pus o ponto-final
....
Eu queria um amor intenso
Pura !!!!!!!!!!!!!!!!!!!!!!!!!!!!!!!!!!!!!

Ele descobriu:
ela só existia na imaginação,
era totalmente outra.
Ele amou sua própria
invenção.

Acabou, nos vimos agora,
e a beleza, onde foi?
Parecia tão comum.
Existiu a beleza, existiu?
Ou só meus olhos a viam?

De mim, só restavam pedaços.
Você me fez voar,
ser inteiro,
e agora vai?
Não, você não tem
o direito de partir.

Saudade
de quem você
podia ter sido
em minha vida.

Vem a noite com os sonhos,
mas tenho tantos sonhos acordado:
sonhos loucos, sonhos lindos
que ainda quero te ver.

◯◯

Eu tinha um sonho,
por ele parti.
Hoje é tarde demais;
o amor que abandonei,
descobri, era meu sonho.

◯◯

Meus sonhos são
como elos de uma corrente:
quando um termina,
nasce outro,
e sempre me renovo.

Em meus sonhos,
percorro outros mundos.
Que eles existem, eu sei,
e às vezes não quero voltar,
mas é a aqui que pertenço.
Seja com dor e lágrimas,
busco minha missão.

◯◯

Acordei, mas você
já havia partido
sem deixar contato.
Nos labirintos das baladas,
agora te procuro sempre.
O eventual pode ser eterno?

Muitas vezes digo "não"
para dizer que te amo,
mas quero mudanças
em nossa vida.

👓

Eu amei profundamente,
mas ela colecionava amores
como troféus
e depois partia.

👓

Eu espero por pequenos gestos,
um olhar de amizade,
o sorriso de um desconhecido,
alguém que aperte o botão do elevador.
Eu espero por um mundo
onde ainda exista a ternura.

Eu sorri de leve,
e nos despedimos rapidamente,
Como se fosse só mais uma vez,
mas eu sabia:
nunca mais nos veríamos.

Muitas vezes duvido,
mas sempre alguém
faz um gesto
grande ou pequeno,
e reafirmo minha fé
na humanidade
e em um mundo melhor.
Muitas vezes ao amar
tentei transformar alguém
em quem eu queria que fosse.
Hoje descobri:
amar é aceitar
alguém do jeito que é.

Tudo passa tão depressa, não é?
Parece que nos conhecemos ontem
ou que nos conhecemos sempre.
Não se assuste:
o tempo do coração é outro.

Dói quando nas festas
vejo alguém que já amei
feliz com outro alguém
como nunca foi comigo
e me pergunto se tenho
alguma coisa de errado.

O amor só existe
quando uma alma
toca a outra.

O amor um dia vira cinzas.
Tempo passa, nos encontramos
e surpreso, até chocado, pergunto:
— Como pude amar essa pessoa?

Guerreavam a vida toda.
Mandavam recados cruéis
um ao outro.
Encontraram-se por acaso no
restaurante.
Bastou um sorriso, um abraço.
A velha amizade voltou.

O medo de perder
é o que nos faz perder.

Nas baladas, tomava bala
e outras coisinhas mais.
Ia para a cama sem saber o nome.
Um dia, ela olhou em volta
os corpos num tum-tum frenético.
Sentiu
abismo dentro de si
e desejo de um amor que não
Encontrava lá.

ಞ

Eram dois colegas de trabalho
e se davam muito bem.
Uma noite, depois do expediente,
beberam umas a mais.
Veio um beijo.
Passaram a noite juntos.
Um se apaixonou. O outro continua com a
namorada, finge que nada aconteceu.

Viveu como um rei com a herança
dos pais.
Mulheres, viagens, bons vinhos.
Nunca quis ter família
para ser livre e se divertir.
Um dia o dinheiro acabou.
Hoje trabalha como caixa de
supermercado.

👓

Aos setenta, apaixonou-se
por um homem de
quarenta que era gay.
Fizeram companhia um ao outro.
A família gostava, por não ter que se
preocupar com ela.
Mas se revoltou quando ela morreu.
Ele era seu herdeiro universal e ficou
com toda a fortuna.

Quando ele morreu num acidente,
ela não se conformou.
Girava o anel de noivado no dedo,
sonhava com ele.
Conversava e pedia para voltar.
Até seu vulto viu algumas vezes.
Mas um dia descobriu que sua dor o
prendia à Terra.
Sem seguir seu caminho ao infinito,
guardou o anel numa caixinha.
Soltou as amarras do coração.
Sente-se melhor.
Sabe que ele está em paz.

Ela o levou para casa
como um gatinho de rua com
fome e desejo de amor.
Sentia um carinho imenso.
Ficou de coração partido
quando, como um
gato, ele partiu,
pois preferia a liberdade.

Quantas vezes
o abraço de um amigo
esconde uma
traição?

◯◯

São duas almas que se encontram
e, num beijo, olhos nos olhos,
descobrem que são uma só.

◯◯

Pouco importam traços,
estatura, porte.
Sempre se vê beleza
naquele que é amado.

◯◯

Teu corpo perfeito
encanta, enlouquece,
mas tua luz interior
é que faz apaixonar.

Para o amor ser suave,
é preciso aprender
a não roncar.

Ficava sozinha direto.
Sabia que era traída.
Uma noite, não resistiu.
Transou com o entregador de pizza.
Tomou coragem, se separou.
E agora está com o *personal trainner*.

ｏｏ

Foi o mais lindo encontro de sua vida.
Doeu, mas se afastou
quando descobriu que ele ria
de seus sonhos.

ｏｏ

Casou-se com uma milionária.
Separou-se por uma mulher sem
fortuna.
Os anos se passaram. No fim da vida,
a mais pobre sustentava o marido
e a ex-milionária.

Dizia que nunca amaria ninguém.
Que seria livre.
Mas, no fundo do coração,
guardava o nome de alguém
que sequer lembrava que ele existia.

Estava tão ansioso para encontrar alguém
que, quando encontrou,
não deu chance para ele se revelar.

Ela fazia declarações de amor,
mas não resistia a uma traição.

Só depois que ele desistiu
e partiu para outra,
ela descobriu
que não conseguia viver sem ele.

☗

Casou-se, fez festa e partiu para lua de
mel numa praia ensolarada.
Conheceu um novo amor, fugiu com ele.
E o noivo até hoje tenta entender
o que aconteceu.

☗

Nos dias bons, o calor de seus braços
a envolvia tão completamente
que era como cheirar a terra.
Ela esquecia qualquer mágoa ou dúvida.
E só queria que seu coração
lançasse mais raízes que brotassem
no dele.

Um dia antes do casamento,
recebeu uma carta anônima
contando horrores da noiva.
Casou-se sem dar importância.
Descobriu o remetente
e nunca mais falou com ele.

Opostos se atraem ou não se suportam.
Cada um é cada um.
Para o amor, não há regras.

◯◯

Quando a conta do jantar chegou,
ele se trancou no toalete.
Quando saiu, muito depois, os outros
já tinham pago.
Ele fingiu surpresa, mas sorriu
internamente.
O truque sempre dava certo.

◯◯

Passou a vida tentando ser linda para
os outros.
Um dia descobriu
que a felicidade
estava num prato de macarronada.

Queria um reencontro.
Pediu perdão pelo passado.
Descobriu que mais difícil que pedir perdão
é ser realmente perdoado.
A mágoa deixa raízes profundas.

Quando ela o encontrou,
acreditou que teriam um futuro ao se
conhecerem melhor.
Mas ele não queria dar tempo, era
imediatista. Tudo tinha que ser
imediato e rápido.
Ela o deixou, pois o amor precisa de
alicerces.

ᴖᴖ

Ela falou por horas para explicar a
traição
e não me disse absolutamente nada.
Há coisas que não se explicam,
apenas se sentem.

Era linda,
mas fez tanta plástica
que não se reconhecia no espelho.

Meu coração
não é uma suíte de hotel para turistas,
mas um lar com um lindo jardim
pronto para receber alguém para uma
longa temporada.

Há pessoas como fogo:
a certa distância me aquecem;
se chego muito perto,
queimam e fazem feridas.

Às vezes na vida
alguém sente bem fundo:
um círculo terminou,
é preciso coragem
para iniciar outro.

Impossível amar um corpo
sem se apaixonar pela alma.

Visitou outros mundos em transes e
meditações.
Se apaixonou por um ser feito da
matéria dos sonhos.
Ficou preso em outra esfera.
Pensam que está em coma.
Mas em silêncio ele grita desesperado
para retornar.

ᴑᴑ

Para ele era difícil falar de amor
e, por isso, quase perdeu
quem o amava.

ᴑᴑ

Amizade é um sentimento pálido
quando oferecida
para substituir o amor.

Ninguém é tão feio
que não tenha
quem o ache belo.
Não se prenda à aparência,
mostre quem você é.
Pode ser que seja
quem nunca pensou que é,
um falso sonho ou ilusão
pode travar sua vida.
Abra-se para o acaso,
ele indicará o bom caminho.

Dói, dói demais,
mas às vezes é preciso
deixar um amor partir
e seguir seu caminho.

👓

Não entregue seu coração
a quem conta uma mentirinha
e pode te enganar completamente.

👓

Foi um amor intenso,
um dia acabou.
Anos depois se viram
ao cruzar uma rua,
mas cada um se tornara
outra pessoa.
Trocaram um olhar
e seguiram seus caminhos.

Perdeu o emprego,
depois a casa e a mulher.
Brigou
com a sogra,
seu último abrigo, e foi morar na rua.
Do jeito que o país está,
é muito fácil virar mendigo.

👓

Amava ou não amava?
Era amado ou não?
Destrói, machuca;
melhor a sinceridade,
mesmo dolorosa.

Flores, delicadezas,
todo dia algo de novo,
uma surpresa, um carinho.
Fuja sempre da rotina.
A rotina destrói o amor.

☍

Sentiu seu calor,
o tempo passou para ela,
mas ele tão jovem
descobriu que amor
não tem idade
e a chamou com carinho
"Minha bela velha".

☍

Abandonou a irmã cega e a mãe idosa.
Saiu pelo mundo, fez fortuna.
Anos depois, voltou.
Não encontrou pista das duas. Chorou.

Ela freira, ele frei.
Franciscanos, deixaram o hábito.
Só depois se conheceram.
Descobriram um novo tipo de amor,
além do amor a Deus.
Casaram-se e agora iniciam nova etapa
da vida,
sem perder a fé.

◯◯

Velho e com problemas de saúde,
contratou uma jovem cuidadora.
Apaixonou-se e quis se casar.
A família entrou e tentou interdição
por problemas mentais.
À juíza, lúcido, explicou.
Desejava o corpo.
A jovem, grana. E o dinheiro era dele.
Ganhou a causa e casou-se feliz
com seu amor comprado.

Queria mudar de vida, mudou de
cidade, de país. Um ano depois,
descobriu: os novos amigos eram
parecidos com os anteriores.
A rotina também.
Sofria de novo mal de amor, como antes.
Tomou consciência de que na bagagem
levara a si mesmo
sem transformar seu interior.

༼⊙⊙༽

Conheceram-se na adolescência e não
se largaram mais.
Escândalos para as famílias, tentaram
separá-las. Inútil.
Estão há cinquenta anos juntas,
coração com coração.
Cada uma vive para a outra.

Era a melhor aluna na universidade.
Ficou amiga do professor e de sua mulher.
De repente, aconteceu.
Ele e ela tiveram um caso, mas romperam.
A esposa o perdoou.
Hoje ela volta a ser amiga do casal.
Nenhum dos três comenta o que houve.

Ele não suportava a futura sogra.
Ela fez tudo para aproximar os dois
seres que mais amava.
E finalmente eles se deram bem.
Tão bem que, uma noite antes do
casamento,
o noivo e a mãe fugiram juntos.

Chegou atrasado à livraria
e a viu através da porta de vidro.
Bastou um olhar, um sorriso, para
saber que já se conheciam de outras
vidas.
Era um reencontro escrito nas linhas
do destino.

Continua em seu canto da cama
depois que ela foi embora.
Nunca ocupa o espaço inteiro.
À noite, quando deita, vira-se para
o lado dela, vazio.
E toca o travesseiro para sentir o
vestígio de sua presença.

A cada dia, cada hora e cada segundo,
encontrava um novo detalhe em seu
rosto, sorriso, olhar.
Para ele, ela era um universo de
eternas redescobertas.
Mas não é assim o amor que sempre
redescobre a si mesmo?

༽༼

Um dia descobriu que, quando
ela dizia que o amava, era pura
representação.
Passou a acreditar que em toda paixão
há um pouco de teatro.

༽༼

Ele se apaixonou, ela não.
Passaram-se meses, voltaram a se
encontrar e se tornaram amigos para
toda a vida.

Ela fez programa a vida toda para criar a filha que morava com a avó. Sonhava em ver sua menina na faculdade.
Mas, quando ela cresceu, também foi fazer programa.
E a mãe não se conforma.

Ela pediu um tempo para pensar sobre
a relação e sumiu por uns meses.
Quando voltou para reatar, era tarde:
ele havia encontrado um grande amor.

ᗣᗧ

Mais um aniversário.
Ela se deu conta de que estava vivendo
sem viver.
Soprou as velas, levantou-se da mesa,
saiu pela porta e largou tudo o que tinha
para começar tudo de novo.

Depois que ele foi embora,
nunca pagou a pensão dos filhos
nem ajudou com dinheiro.
Ela poderia colocá-lo na cadeia,
mas aumentou o número de aulas,
vendeu sanduíche na praia,
porque ele visitava os meninos
e queria que eles tivessem amor pelo pai.
Hoje eles cresceram.
Têm em dobro amor pela mãe.

Tudo o que ela queria
era atravessar a rua com sua cadeira
de rodas
sem ter que pedir ajuda, ser
independente.
Mas nas calçadas não havia rampas.
O prefeito dizia não ter verbas.
Deficiência não era prioridade.

ᴗᴏ

Dedicou-se aos pais.
Quando eles partiram, ficou com a casa.
Vive com uma gatinha, único amor,
única companhia de sua vida.

ᴗᴏ

Ele pensou que era livre.
Postou um beijo em seu namorado.
No dia seguinte, apanhou na rua.
No outro, perdeu o emprego.
Mas todo mundo garante
que não há preconceito.

Fez de tudo para não o perder,
até trabalho em encruzilhada,
mas, depois que ele foi conviver com ela,
implorou para que partisse.

◯◯

Ela se apaixonou pelo padre durante
as confissões. Era contra o celibato,
mas, por medo do pecado, até mudou
de igreja.
Nunca o esqueceu.
Anos depois, soube que ele largara a batina
e se casara com outra mulher.

Era gorda, achava que homem
nenhum se interessaria por ela.
Mas conheceu um musculoso, barriga
de tanque, que até flores mandou.
Finalmente se rendeu, quis saber o que
via nela. Com um beijo, ele respondeu:
só sentia atração pelas *maxisize*.

De repente, o filho arrumou um
trabalho.
Botava muito dinheiro em casa.
Ela só comemorava.
Quando ele foi preso por tráfico,
ela descobriu ser o pior tipo de cega:
aquela que prefere não ver.

◯━◯

Foram tantos anos de idas e vindas
que, quando finalmente ela quis a
sério, ele não queria mais.

◯━◯

Sempre foi contra educação sexual na
escola,
até sua filha aparecer grávida,
quando pensava
que ela ainda brincava de boneca.

Dois amigos se reencontraram após
muitos anos
e descobriram felizes que tinham
muito em comum,
principalmente a barriga.
A gula não estimula a fraternidade?

Tinha por ela intensa afeição.
Quando cresceu, descobriu: não era sua irmã,
mas sua mãe.

Um encontro adiado, dois, três anos.
E quando ele não esperava mais nada,
surgiu a esperança.

︶︿︶

Todos os dias ele exibia foto sem camisa.
O chefe chamou, disse que não ficava
bem para um diretor de empresa.
Ele tentou parar, não conseguiu.
Mostrar o corpo virou vício.

︶︿︶

Mil vezes quebrou a cara,
mas continuava a querer alguém.
Se aconselhavam desistir, dizia que
sem paixão não vale a pena viver.
E vai que agora acerte?

Pediu champanhe
para comemorar o reencontro.
O gelo derreteu,
ele nunca chegou.

Chegou ao estúdio para gravar às sete
da manhã.
Na cena de festa, quase bocejou.
Fez cara de apaixonada
e beijou o galã
que tinha mau hálito.

☜☞

Encontraram-se na internet,
falavam de beijos, lambidas e tudo mais.
Quando se conheceram pessoalmente,
descobriram que não queriam sexo,
mas amizade.

☜☞

Quando se conheceram,
nem acharam que seria tão
importante.
Mas depois se falavam todos os dias.
E sentiam-se estranhos perante essa
emoção.

Gastava fortunas em vestidos, joias e sapatos.
Pura ostentação.
Um dia abandonou tudo e se casou com o segurança da fábrica do pai.
Quando perguntam, diz que não prefere a vida anterior.

Eles se amaram a vida toda,
mas se casaram com outras pessoas
por influência dos pais, como se fazia
no passado.
No hospital, quase ao morrer, ela quis
vê-lo.
E partiu segurando sua mão.
Hoje o neto fala sobre a avó desejando
viver um amor assim.

○─○

Foi ser garçom em NY,
mas sentia solidão.
Veio para o Brasil e passou
necessidade.
Viajou de novo à procura
de um lugar no mundo
onde pudesse ser feliz.

Numa velha livraria,
encontrou um livro antigo com
estranhos desenhos de círculos.
Meditou sobre um deles e acordou
em um mundo mágico de cavaleiros e
dragões.
Intensa e feliz, resolveu ficar.
Seu mundo não era este,
mas um lugar de sonho.

Era um rapaz tão sozinho
como Rapunzel em sua torre.
Sonhava com um príncipe
que resgatasse seu segredo.

👓

Sentia um vazio,
queria algo mais da vida.
O marido cheio de regras.
Ela tomou coragem e partiu.
Encontrou alguém que sonhava com ela.
E descobriu que, para ser feliz,
é preciso ser livre.

👓

Sentiu tanto desespero quando
ela o deixou
que se matou com os dois filhos
para fazê-la sofrer.

Era seu pior inimigo.
Passaram a vida desejando mal um ao outro.
Mas, quando soube que ele estava na cama morrendo, correu para ficar ao lado e pediu perdão por tudo.
Antes de partir,
o outro não perdoou.

👓

Tinha dois amigos,
achou que combinavam,
mandou o Face de um ao outro.
E agora eles estão juntos.
Amizade é também ver os amigos felizes.

Trabalhavam juntos e se amavam.
Ela casada, ele solteiro.
Nunca teve coragem de se declarar.
Saiu do emprego com o coração
dolorido.
Não soube que, pouco depois,
ela se divorciou.

Escola e educação,
formação de valores,
a solução única
para impedir violência e estupro.

A menina em seus labirintos,
com cor e coração,
percorre sentimentos
e me encanta com emoção
enquanto ela, a menina,
brota em imensidão.

Hoje é um dia bom para namorar.
Quem já tem divirta-se,
quem não tem aproveite
para encontrar seu par.
Hoje todo mundo está disposto!

Dispostos se atraem.

Doeu tanto tanto tempo,
com beijos sonhava,
olhos nos olhos.
Você
agora vem novamente,
tenho medo de acreditar.

👓

Ela se anulou por ele,
fez até o que não queria.
Sozinha, agora,
tenta se reconstruir
das próprias ruínas.

👓

Tantos que se amam
separados;
tantos estão juntos
e não se amam.

Eram amigos,
sonhavam com alguém para amar.
Houve aquela noite,
não aconteceu o amor
nem restou a amizade.

☞

Tantas cicatrizes
e luto
para não ter medo
de amar.

☞

Perdão acontece uma vez.
Quando o perdão vira hábito,
o amor perde a dignidade.

☞

O que significa um belo corpo,
se a alma está vazia?

Se é amor,
a gente sabe.

Amar é mar
em que se mergulha
de mãos dadas
na profundeza dos sentimentos.

A vida só é completa
quando se tem um amor.

Quem escolhe um amor
pelo currículo
não entende sentimento.
Amar é aceitar
quem o outro é.

👓

O amor não é só
para jovens,
mas o amor
rejuvenesce.

👓

Pequenos gestos
despertam
grandes sentimentos.

👓

Se alguém estiver triste
e solitário,
pergunte se não quer um cão.
Um cachorro ama sem segredos
e nos faz amar.

É possível estar tão distante,
em outro extremo do mundo,
mas com o coração
tão perto?

ᴖᴖ

Quem ama
respeita as escolhas do outro,
mesmo que não sejam as suas.

ᴖᴖ

Um novo amigo
sempre é um universo
a ser descoberto.

O amor faz
o rosto
brilhar como luz.

Pior que dinheiro falso
é amigo falso.

Se você começa
achando que não vai dar certo,
aí é que não dá!

Um dia seremos
apenas recordação um para o outro,
então por que
tanto ódio agora?

👓

Tem gente
que diz as piores coisas
com os melhores sorrisos.

👓

Se alguém diz
que ama duas pessoas
ao mesmo tempo,
na verdade
não ama ninguém.

Se tem que
dar muita explicação,
argumentar,
discutir a relação todo dia,
é qualquer outro sentimento,
não é amor.

Difícil é encontrar
alguém em que se confie
plenamente.
Quando aparece alguém assim
em minha vida,
entrego meu coração.

☌

Etnia ou status social
não importam,
a diferença de uma pessoa
está na forma
como ela pensa e age.

☌

Trate a si mesmo
com carinho,
se ame e se dê presentes.
Se você não se tratar bem,
por que os outros vão tratar?

Nada faz alguém
melhor ou pior
que outra pessoa
a não ser
o tamanho do ego.

Ah, se todo mundo
fosse o que posta
nas redes sociais!

Conheceram-se no Face,
apaixonaram-se pelo WhatsApp,
ela fez um post no Instagram,
ele não gostou.
Separaram por e-mail.
Ah, nunca se encontraram ao vivo.

Botou foto *fake*
no Tinder
e nas redes sociais.
Quando marcava encontro,
só levava fora.

Eram dois *fakes*,
resolveram se encontrar.
Decepção, ele não era o que dizia,
ela, muito menos.
Resolveram tomar um chope
já que estavam ali.
Estão juntos até hoje,
a felicidade é inesperada.

◯◯

Ela descobriu que ele fiscalizava
todos os *likes*, os comentários e os posts.
Quando ficava sem ligar, queria saber
onde estava
e com quem.
Ficou com medo da perseguição.
Com o coração doendo, desistiu.

◯◯

Curtia todas as fotos no Insta,
tomou coragem, foi para o *direct*.
Do papo, surgiu um café.
E apaixonaram-se.

Conheceram-se pelo Tinder.
Foi um caso rápido,
mas ele a fez descobrir
o talento para desenhar.
Hoje ela é cenógrafa premiada
e sabe que ele entrou em sua vida
para mostrar um caminho.

Bloqueei no WhatsApp,
deletei do Facebook,
aboli do Instagram,
mas ele não sai
da minha cabeça.

Então o improvável:
do digital nasce o natural,
do encontro virtual, a troca de olhares,
são dois corpos, eram duas almas,
é o amor.

Desde que passou a usar
os aplicativos de relacionamento,
nunca mais conseguiu
ser fiel.

◯◯

Se conheceram numa rede social.
Ele era *fake*,
e a polícia não teve nenhuma pista
quando o outro
amanheceu estrangulado.

◯◯

Se conheceram no Orkut,
continuaram falando no Face,
agora no Instagram.
Perceberam que a vida está passando
e marcaram um encontro olho no olho.

Planejaram o encontro
durante meses
pelo Instagram.
Um viajou até o outro,
mas, no dia combinado, sumiu.
Magoado, o outro não marcou mais.
Foi uma pena,
teriam se apaixonado
pela vida.

A maior vitória
é ter amigos sinceros.

Quando um casal
deixa de se amar,
nunca acontece
com os dois ao mesmo tempo.

Difícil no amor
é conviver
com tantas perguntas
sem resposta.

Macaca sobe árvore;
peixe, não.
Se alguém não gostar de você,
não perca a autoestima.
As pessoas têm tipos
e preferências.

As pessoas mais difíceis
de ser amadas
são as que mais precisam
de amor.

◯◯

A lágrima que cai
por você
pode ser uma bênção,
pois um novo amor
chegará.

◯◯

Não se abandona
um amor
por uma aventura.

◯◯

De pequenos gestos
são feitos
os grandes dias de amor.

Toda relação de amor
exige um projeto de vida
em comum.

൝

Diga algo positivo
a quem está mal.
É uma energia do bem,
a esperança ou a alegria
do outro se refletirá
em você.

൝

Desarme-se!
Hoje é noite de encontrar
a família.
Pode ser que você se lembre
de mágoas e pendências.
Esqueça tudo!
E, num abraço,
resolva o que ficou para trás.

Ninguém é aquilo
que você quer que seja,
mas outra pessoa,
com seu próprio modo
de ser.
Aceite!

Se você tem dúvida
se é amor ou não é,
já sabe a resposta:
não é.
O amor não admite essa questão.

Toda energia
positiva ou negativa
volta ao local de origem.
A você que desejou,
essa é uma das leis:
a do retorno.

Roubou o namorado
da melhor amiga,
perdeu a amiga,
e ele já está com outra.
Quem faz com uma
faz com todas.

— Tudo bem?
— Desculpe, nos conhecemos?
— A gente se conheceu na balada.
E ficamos. Fomos ao motel. Foi uma noite incrível.
— Esqueci.

Ela quis trabalhar,
ele foi contra, ela insistiu.
Agora desempregado,
ele e os filhos só contam
com o salário dela.
Sem ela, nem sabem o que seria.

👓

No começo, por carinho,
era tudo do jeito que ela queria.
Virou rotina; depois, obrigação.
Quando ele tentou mudar,
veio a separação.

👓

Ele traiu, ela perdoou;
traiu de novo, perdoou de novo.
A traição virou rotina.
Dói,
mas ela não consegue dizer adeus.

Ele correu atrás, ela fugiu;
depois ela correu, ele fugiu.
Um dia correram como doidos
e se encontraram num abraço.

Na praia, brigaram.
ele resolveu entrar no mar,
e o mar o levou.
Sem tempo para dizer adeus,
ela ficou com a dor
das últimas palavras.
Faça de todo momento
o melhor.

ᴖᴑ

Dois primos se amavam
desde criança.
A família descobriu,
veio o escândalo.
Um se casou, engordou,
não tem alegria de viver.
Outro mora sozinho no exterior.
Nas festas familiares, mal se falam,
mas trocam sempre um longo olhar.

Norueguês, brasileira,
tiveram filho lá,
mudaram para o Rio.
Ele saiu de férias
para a criança visitar a avó,
não trouxe mais de volta.
A mãe chora pelo filho
todos os dias.

ᴑᴑ

Ela sonhava com um príncipe.
Foi comprar um sapato,
e o vendedor charmoso
colocou delicadamente um em seu pé.
Ele não tem coroa,
mas é um homem bom
e agora a trata como princesa.

Namoradinhos de escola,
a vida os separou.
Quarenta anos depois
se reencontraram, e foi como
se não tivesse passado um minuto:
voltaram a viver
o primeiro amor.

⌒⌒

Ele tinha um ciúme doido,
ela não podia sair
nem mesmo falar no celular.
A vida, um inferno.
Um dia ela se libertou,
descobriu que não era amor,
mas obsessão.

Brigou com a mãe, partiu.
Anos depois, voltou
e no hospital disse o quanto
a amava.
Com um olhar de ternura,
ela foi embora.
Ninguém pode morrer
sem uma palavra de amor.

◯◯

Dançou toda a noite
com a mais linda da festa
e a levou até sua casa.
Chovia, emprestou sua capa.
No dia seguinte, voltou:
— Não há moça alguma aqui —
disse um velho.
Viu um retrato: era ela!
— É minha filha que morreu há anos!
No cemitério, a capa sobre o túmulo.

Era seu melhor amigo,
fazia tudo por ele.
Teve um momento ruim,
o outro nem se importou.
Descobriu que não era recíproco;
triste, se afastou.

ᴏ─ᴏ

Desistiu de uma bolsa no exterior,
tornou-se professor
para cuidar do irmão
deficiente mental.
Vida simples, sem luxos.
Hoje ele e o irmão são dois velhos.
Quando perguntam se ele se arrependeu,
sorri e diz que a vida valeu a pena.

Traído pela mulher,
saiu pela noite,
conheceu uma garota de programa,
apaixonou-se.
Ela criou os filhos dele
com o amor de uma mãe de sangue.

Ficou grávida,
ele sumiu.
Casou-se com outro,
que assumiu o menino.
Hoje, sozinho, ele sofre a falta
do filho que abandonou.

ϘϘ

Namorava com dois:
com um, batia altos papos,
falava de sonhos;
com outro, sexo fantástico.
Quando descobriram,
ficou sem nenhum.

Entrou na loja
vestido com simplicidade,
a vendedora o tratou
de queixo erguido.
Só depois que ele saiu,
ficou sabendo:
era um milionário.

Bateu uma vez,
prometeu nunca mais,
surras se tornaram constantes.
Ele promete parar e não cumpre,
ela apanha e apanha,
mas não consegue separar,
ainda o ama.

☗

No berçário da maternidade,
vi os bebês,
cada qual com um olhar,
um jeito próprio de ser,
cada criança já tem personalidade.
A alma se expressa
desde o primeiro instante da vida.

Deixou a carreira
para cuidar do marido e dos filhos.
Vinte anos depois,
ele se separou para se casar
com outras mais jovens.
Ela precisa voltar a trabalhar,
mas não sabe por onde começar.
Adorava seu filho,
para ela o melhor do mundo,
nunca dizia "não".
Ele cresceu e roubou a mãe,
que botou culpa na empregada.
Roubou outras vezes
e hoje está no crack.
Desesperada, ela se pergunta
onde foi que errou.

Bateram os carros,
discussão e B.O.
Acabaram tomando uma cerveja,
papo e beijo,
agora estão se conhecendo.

No tarô saiu uma carta:
era a morte.
Ela chorou,
a cartomante explicou
que era preciso aceitar a
transformação para vida melhor.
Ela foi positiva, mudou,
hoje leva uma nova vida
que é puro sol.

☙

Era uma foto antiga
em preto e branco
da mulher mais linda.
Comprou, botou na parede,
apaixonou-se por ela.
Agora sonda os mistérios do Universo
para saber se, separadas pelo tempo,
suas almas um dia vão se encontrar.

Todo mundo dizia
que não daria certo.
Ele engraxate, ela rica,
insistiu e foi expulsa pelos pais.
Casaram-se.
Ele fez fortuna,
agora filhos e netos
comemoram suas bodas de ouro.

ᴏᴏ

Amava tanto a si mesmo
que só via outra pessoa
como espelho de si próprio.
Um dia conheceu alguém,
o coração bateu forte
mas ela o deixou,
queria abraço e companheirismo.
Ele descobriu o que é sofrer de amor:
luta para sair da concha
e provar a ela que ainda dá certo.

Era uma travesti apaixonada
por um rapaz que foi preso.
Vestiu-se de homem
todos os fins de semana
para dizer que era um tio.
Visitou com agrados,
esperou na porta quando ele saiu,
e foram morar juntos.
Ele roubou tudo e fugiu.

◯◯

Filhos crescidos, paz familiar,
um dia ela tremeu:
ele chegou com um bebê
dele com outra.
De coração partido, ela chorou,
depois estendeu os braços,
pegou a criança,
sentiu que a criaria
com amor, como se fosse sua.

Eram melhores amigos:
ela contava tudo para ele,
e ele também.
Mágoas, alegrias,
um dia descobriram
que se amavam.
Até hoje não entendem
como não perceberam antes.

Era a mais gorda da classe,
os outros faziam piada
de elefanta para mais.
Menos um, o de óculos,
apelidado de quatro olhos.
Cresceu, ficou linda e virou *miss*.
Quando voltou à cidade,
todos a cortejavam,
mas ela quis o que nunca riu dela
e a amava também.

Ela rompeu relações
quando a filha se casou
com um negro.
Hoje, doente e de cama,
é a filha quem cuida dela;
o genro paga os remédios,
os netos, sua alegria.
Agradece a Deus
porque a filha escolheu
melhor que ela.

ᴏᴏ

Ela queria um filho médico,
o menino gostava de música.
Tanto insistiu, ele entrou na faculdade.
Largou o curso no meio
para seguir a vocação.
Hoje canta para multidões,
ela não perde um show
e sente o maior orgulho.

Casaram-se muito jovens,
e um dia ele confessou
que amava outro homem.
Em choque, ela se separou,
mas hoje é superamiga
do ex-marido gay.

ᴏ̄ᴏ

Era uma família unida,
Natal passavam juntos,
almoços nos fins de semana,
a velha mãe faleceu.
Na hora da herança, o caos:
brigaram até por uma xícara.
Hoje nem se falam mais.

Vinte anos mais velha,
apaixonou-se e se casou com ele.
Só houve críticas,
diziam que ele não a amava,
que era puro interesse,
pois era uma mulher rica,
que ia se dar mal.
Trinta anos depois, continuam juntos,
ela já velhinha,
e ele a trata como sua querida.

ᴖᴖ

Viajou o mundo todo,
viveu amores,
um dia voltou à pequena cidade
e descobriu que lá estavam seu
coração,
suas raízes,
o primeiro amor,
que agora era para sempre.

Ela disse que faria
um retiro espiritual,
ele preferiu ficar estudando.
O mundo é pequeno.
Deram de cara um com o outro
num bloco de Carnaval.
Ele de sunga, ela de *topless*.
Deu o maior rolo
e o noivado babau.

Foi sozinho para o Rio,
pulou no bloco até cansar,
fez amigos e bebeu
uns copos de cerveja com eles,
acordou dias depois no *flat*,
sem celular, grana e cartões.
Está vivo por sorte,
tinha levado um
Boa noite, Cinderela.

Viúvo e solitário,
saiu do interior,
foi para Sampa no Carnaval.
Na esquina, viu uma travesti.
Os dois se olharam longamente.
Reconheceu o filho
que expulsara de casa havia anos,
aproximou-se em lágrimas
e pediu perdão.

◯◯

Conheceram-se no Carnaval,
tiveram uma noite inesquecível,
mas sem planos para o futuro.
Encontraram-se mais uma vez
e outra e outra,
descobriram que o amor de Carnaval
era amor de verdade.
Estão casados e têm filhos.

Seu sonho era desfilar;
morria de medo, era tímida,
as amigas deram coragem.
De plumas na cabeça e salto alto,
entrou na avenida apavorada;
na hora bateu uma coisa mágica,
sambou, sambou e sambou.
Agora todos os anos
se prepara para o Carnaval.

◠◡◠

Ela só queria meditar
e orar.
Foi para um retiro espiritual,
as amigas criticaram
por não pular o Carnaval.
Mas ela só queria paz,
aproximar-se de Deus.
Sente agora
uma profunda alegria.

Em vez de Carnaval,
quis a balada eletrônica.
Esbaldou-se por três noites
e fez sexo selvagem,
cada vez com alguém diferente.
Sem dormir,
exausto em casa,
sente um imenso vazio.

☗

Passou o Carnaval em casa
junto com seu amor.
Viram os desfiles pela TV,
ela saiu do regime,
fez brigadeiro,
comeu pizza e macarrão,
namorou muito
e diz que nunca se divertiu tanto!

De repente, na quarta-feira,
olhei para trás:
minhas conquistas,
sonhos abandonados,
pessoas que partiram,
amores que se tornaram saudades,
então me ergui
de minhas próprias cinzas e
senti uma enorme vontade de
renascer.

A separação aconteceu,
todo mundo civilizado,
dividiram os bens,
mas nenhum quer ficar
sem a cachorrinha tão querida.
Brigaram feio
e estão no tribunal
disputando a guarda.

Levou um chocolate para ele,
se beijaram,
ela achou que tinha
iniciado o namoro.
Dois dias depois,
encontrou a melhor amiga
e descobriu:
ele havia dado o chocolate para ela.
Até em coisas de amor,
há reciclagem.

Foi uma boa mãe,
largou tudo para se dedicar
à filha,
que cresceu e se casou.
Agora velha, precisa de cuidados.
A filha virou mãe,
a mãe virou filha.

Divorciou-se porque
queria ser livre,
ter vida agitada e namorar,
mas, quando fica doente,
ele só liga para ela,
que é a única em quem
pode confiar.

Morador de rua
com transtorno mental
teve seu filho, dez anos,
levado pelo poder judiciário
e adotado por italianos.
Todos os dias, porém,
de tardinha, vai à porta do fórum
à espera de seu menino de volta.

☐☐

Não gostava de animais,
reclamava de pelos, sujeira.
Uma noite, viu um gatinho magro
procurando comida na rua.
Sem entender seu sentimento,
ela levou para casa o bichinho,
que hoje é seu maior amigo.

Todos diziam que era
pura encrenca.
Apaixonou-se, casou-se,
teve uma filha;
agora brinca com a garota,
diz para tomar jeito,
e a filha reclama
que a mãe é muito careta.

☗

De todas as mulheres do mundo,
ele se apaixonou pela cunhada.
E ela, por ele.
Só tiveram uma noite
e nunca mais.
O sentimento permaneceu,
mas ele não quis ferir
o irmão que tanto amava.

Casou-se aos trinta,
descobriu que ele bebia,
sustentou a casa, criou o filho,
lutou mais trinta anos contra o vício,
ele ficou mal, quase morreu,
parou de beber.
Ela cuida dele com carinho,
quer mimar o marido,
pois não sabe quanto tempo
ele ainda tem.

⌒⌒

Era rico, muito rico,
e apaixonou-se perdidamente,
mas logo descobriu
que, para ela,
ele não passava de um
caixa automático.

Ele achava que não tinha chance
com a secretária glamorosa
por ser miúdo e simples vendedor;
ela sentia que estava muito por baixo,
pois nem ele queria saber dela;
e sempre se evitaram,
por medo e timidez,
até que um dia,
na chuva, no ponto de ônibus...

Adorava a caçula,
tão bonita;
para a outra, não dava importância.
Criou uma egoísta,
que só sabe pedir dinheiro;
a outra se casou e trabalha
e quer cuidar da mãe,
que até a casa vendeu.
Magoada, ao saber que errou,
esconde uma última joia
para a filha rejeitada.

Não tinha vontade de se casar,
mas se casou porque diziam
que estava ficando velha
e seria mais uma tia.
Ele não era mau, mas rude,
morava longe na fazenda.
Os dias todos solitários,
perdeu a noção do tempo,
enlouqueceu.
No hospício não sabe dizer quem é.

Conheceram-se na balada,
ficaram, teve continuação,
resolveram assumir o amor,
fazer planos.
Ela o levou para conhecer a família,
dor,
era seu irmão,
filho do pai com outra mulher.
Separaram-se,
mas nem ele nem ela
conseguem enfrentar a culpa.

Sessentão e sozinho,
arrumou uma garota.
Se saíam, pensavam
que era sua filha.
Separou-se.
Agora está com outra,
pensam que é sua neta.

⌒⌒

Trabalhou a vida toda
pensando no futuro,
mal via os filhos e a mulher.
Quando o futuro chegou,
ela estava com outro,
menos ambicioso e mais amoroso.
Os filhos só o viam como provedor,
sem amor de pai.
Agora ele procura descobrir
como encontrar afeto real.

Tão sério, de olhar tristonho,
pintor que não vendia nada,
ele a atraía com sua melancolia,
mas só trocavam cumprimentos
quando se encontravam entre amigos.
Ela ansiava por seu olhar.
Um dia veio a notícia:
ele se matara.

ᗢ

Sonhava com um filho,
descobriu que não podia ter,
adotou um menino negro,
é feliz ao vê-lo crescer.
A todos diz
que é a melhor coisa
de sua vida.

Um encontro casual,
um almoço, um café,
na despedida se abraçaram,
ele beijou sua orelha
de leve
e já sabia
que seria para sempre.

ᴏ͞ᴏ

Ele sempre dizia
que esperava a pessoa certa.
Quando encontrou, perdeu.
Só então descobriu:
o errado era ele.

O médico não acreditava em milagre,
desenganou a paciente,
que rezou dias e noites
para sua santa do coração.
Curou-se,
o médico diz que foi coincidência,
ela sabe que foi fé.

Encaixotando as coisas,
abriu um velho livro.
Havia uma flor seca,
que recordou uma tarde linda
e um antigo amor.
Conseguiu descobrir onde morava,
estava velho e sozinho,
disse que ele fora o homem
mais importante de sua vida.
Ele chorou, ela partiu mais leve
para sua nova casa, nova vida.

Ela era bem mais velha,
passaram uma noite juntos.
No dia seguinte,
ela ofereceu uma escova de dentes,
ele levou a mochila,
e ficaram juntos.
Nunca imaginou que ia se casar.
Até sem perceber,
se contassem ela não acreditaria,
mas não se separa
por nada no mundo.

Quando perdeu seu amor,
pensou que o mundo tinha acabado,
mudou de cidade,
arrumou emprego.
Finalmente, conheceu alguém,
descobriu que o mundo
acaba muitas vezes,
mas cada fim é um recomeço.

ᴏᴏ

Passou a vida inteira
sem acreditar que o Universo
tem um Criador.
Gravemente enferma,
aceitou ouvir falar de Cristo.
Quando partiu,
seu corpo estava morto,
mas seu coração, ressuscitado.

Ela o amou durante anos.
Um dia, vieram à tona
golpes e traições.
Só então descobriu:
o homem que amava
nunca tinha existido.
Era só invenção de
seu próprio coração.

ᴗᴏ

Na rua, reconheceu o assaltante
que levara seu celular
havia três dias.
Passou por ele e fugiu, como se
fosse ela a culpada.

Quando percebeu que o fim
se aproximava,
avaliou a vida,
viu que dinheiro e negócios
nada significavam
e que só levaria
os sentimentos intensos que viveu.

Um amigo me convidou
para jantar.
Por via das dúvidas,
vou sair sem cartão de crédito.

◯◯

Criticava os namorados das amigas,
as mulheres dos irmãos;
para ela, ninguém servia,
tinham defeitos
ou interesses escondidos.
Ficou sozinha.

◯◯

Dizia que seu sonho
era ser ator,
mas só desejava
se transformar em celebridade.

Passaram dias conversando,
transando
e descobrindo afinidades.
Quando ela partiu,
ele percebeu
que ela tinha roubado
a prótese
de sua perna mecânica.

◯◯

Sentia-se um funcionário exemplar:
todos os dias,
trancava o cérebro
no armário da empresa
e só obedecia a ordens.
Perdeu o emprego
para alguém com imaginação.

Foi só um instante:
estava com o filho
no carrinho do supermercado,
foi pegar um pacote de macarrão;
ao voltar, o menino não estava lá,
nunca mais o encontrou
nem soube quem o levou.

〇〇

Minha amiga de infância
se foi.
Quando éramos crianças,
foi ela quem me apresentou os livros.
Perdemos o contato.
Na juventude, me escreveu uma carta
a que não respondi.
Agora sinto uma enorme dor
por não ter dado tempo para nós dois.

Quando fez o negócio
que tanto esperava,
usou parte para ajudar
quem precisava.
Disseram que era bobo,
mas ele sabia que
apenas devolvia ao cosmos
o bem que recebera.

⌐⌐

Meu pai era ferroviário;
quando menino, eu só andava de trem.
Hoje eu queria saber
para onde foram os trilhos desse país
que depende de rodovias.
A greve tem seus motivos,
mas é triste ter consciência
do descarte de nossos trens.
Quem ganhou? Nós perdemos.

Tinha horror
do Dia dos Namorados,
antes por medo de solidão.
Quando se soltou,
foi porque era difícil
organizar a agenda.

ᴏ̅ᴏ̅

Queria ser ator no Brasil,
foi ser garçom em Paris.
Acha que é mais chique
que pegar no pesado aqui.

ᴏ̅ᴏ̅

Descobriu que não estava bem
quando, depois do sexo,
só pensava em botar
a pessoa para fora,
sem paciência para ouvi-la.

Só queria se conectar
com algo maior que si mesmo,
sentir a conexão com o infinito.
A família disse que pirou,
foi parar no manicômio,
os médicos acham um caso
sem solução,
pois nenhum estuda
as profundezas da alma.

⌒⌒

No Dia dos Namorados, sozinho,
ele fez uma promessa a si mesmo:
encontrar alguém
para dividir a vida,
pois o tempo passava
em beijos passageiros
que só disfarçavam a solidão.

Um se apaixonou,
o outro ficou curioso,
nunca tinha beijado um homem.
A namorada descobriu,
fizeram sexo a três,
e agora as paixões estão confusas.

◯◯

Marcas roxas por todo o corpo,
planejava empurrar,
gritar que nunca mais,
mas todas as noites
murmurava que sim.

◯◯

Morro de medo de dentista,
mas lá vou eu de novo
fazer implante.
Não era mais fácil
a dentadura da minha avó,
que ela botava num copo d'agua
antes de dormir?

Eu vivi um amor
que só dizia
"Meu bem" para cá,
"Meu bem" para lá,
mas quando veio a crise
exigia
seus bens para cá,
seus bens me dá.

⌒⌒

Nos dias bons,
o calor de seus braços
a envolvia tão completamente
que era como cheirar a terra.
Ela esquecia qualquer mágoa
ou dúvida
e só queria que seu coração
lançasse mais raízes
que brotassem no dele.

Hormônios, silicone, pele linda,
tudo para realizar seu sonho
de viver a real identidade.
A vida em festa,
saiu para a noite,
foi encontrada com o pescoço
cortado por uma garrafa quebrada
neste país campeão de assassinato
na caça ao mundo LGBT.

Queria tanto se apaixonar
que sentia um lance
por todos os que conhecia.

Quando foram para a cama,
ela levou um susto.
De tão pequeno o apetrecho,
quase fugiu de decepção,
mas aí deixou rolar
para não parecer antipática.
Fazia sexo por educação.

ᴖᴖ

Quando mudou para o campo,
cresceu em sua cachorra
um instinto selvagem.
De noite, olhos brilhando como loba
renascida com os sons da floresta;
ele a amava demais,
gostava dos uivos para a lua.
Até que certa noite ela se soltou,
sentiu os dentes em seu pescoço:
tornara-se a caça.

Para um, era um amor.
Para o outro, um amigo para toda a
vida.

👓

Sem emprego, resolveu
mudar para o exterior,
jogou fora o diploma de engenheiro,
foi ser garçom.

👓

Ela sempre foi feliz
e saía com o homem que escolhia.
Até que se apaixonou;
ele disse que não queria
relação séria com uma vadia.
Quando uma mulher se comporta
como homem e escolhe quem quer,
é a mais criticada.

Ela fazia tudo o que ele queria.
Quando não, ele ficava triste.
Sofria
e sentia-se culpada.
Um dia, descobriu
que não havia culpa,
mas manipulação.
Libertou-se,
buscou um novo amor.

⊂⊃

Era do tipo que gostava
de mandar flores,
presentar bombons,
mas não tinha para quem.
Todo mundo que conhecia
só queria coisa rápida.

Morreu de quê?
Afogou-se em suas próprias palavras
nunca ditas.

Se apaixonou,
não teve coragem
de se entregar
e vive arrependido.

Quando ele partiu,
entrou em depressão,
mas descobriu que a vida
é como um livro
em capítulos
e tratou de virar a página.

Foram cinquenta anos bem casada;
criou filhos e netos,
exemplo de mãe de família,
enviuvou,
arrumou namorado gatão,
amigas festeiras, foi até a baladas,
a família horrorizada.
Quando morreu,
ninguém soube dizer em que fase
foi mais feliz.

⌒⌒

Seu sonho era ser linda,
fez plásticas e regimes,
mas se apaixonou por um cego
que só queria conhecer
sua alma.

Quer conhecer sua namorada?
Case-se com ela.
Quer conhecer sua mulher?
Separe-se.

Quando ela fez sucesso,
ele se separou.
É mais fácil ser solidário
nas tristezas
que nas vitórias.

Sempre achou que teria
todo o tempo do mundo
para dizer o quanto a amava,
até que ela pegou aquele voo,
e o avião nunca chegou.

Sonhou por anos conhecê-lo,
até que conseguiu ir a uma festa
em que ele estaria.
Foi com o coração cheio de esperanças,
mas ele estava bêbado,
só disse coisas horríveis.
Ela partiu com a sensação
de que amou alguém
que nunca existiu.

Foi para um encontro às cegas
e devia usar vermelho
para ser reconhecida.
Botou roxo para o caso de não gostar.
Ele combinou a camisa verde,
pôs camiseta preta,
pelo mesmo motivo.
Não se reconheceram. Uma pena.
Teriam se apaixonado.

☒

Ele tinha dinheiro,
ia aos melhores restaurantes,
mas se apaixonou
quando ela lhe ofereceu
um simples bolo de banana,
igual ao que sua avó fazia
e que lhe trouxe
afeto e recordações.

Todos riam e comemoravam,
e ela passou a festa
olhando para a porta
na esperança de alguém chegar.
Mas, quando ele apareceu,
estava acompanhado.

☙

Entrou no táxi:
o motorista era um antigo amor,
de mais de vinte anos.
Hoje, casada e com filhos,
disse que muito o amou.
Quando a passageira desceu,
desejou felicidades,
viu o carro partir com um nó no peito,
pensando como tudo poderia ter sido
diferente.

Saía com todos,
não se apaixonava por nenhum;
quando se apaixonou de verdade,
ele não acreditou.

Se ligavam duas vezes por dia,
ficavam juntos de sexta a domingo,
ela apaixonada,
ele dizia que não tinha compromisso.

☐☐

Ele saiu de casa seis vezes
e voltou outras seis.
Durante trinta anos,
ela sempre o aceitou de volta;
agora se tornou
sua melhor amiga.

☐☐

Ela sempre ajudou todo mundo,
passou noites com amigos doentes,
emprestou dinheiro
sem nunca receber de volta
e sem coragem de cobrar.
Quando precisou, porém,
nenhuma mão se estendeu
para ajudá-la.

Nenhum tinha coragem
de tomar a iniciativa,
até que, um dia,
um selinho
rolou quando ele foi embora.
Dias depois, um beijo molhado,
e nunca mais se largam.

☒

Brigavam como gato e rato,
mas se encaixavam como pé e sapato.

☒

Depois que nasceu o filho,
ela perdeu a vontade de sexo,
ele não aceitou,
quis se separar,
mas ela não conseguia.
Continuaram juntos,
ele descobriu que o amor
é mais forte que tudo.

Quando ele traiu e foi embora,
em vez de sofrer, ela agradeceu
por ter aprendido tanto com ele
e aprender a, no futuro,
fazer melhores escolhas.

ㅇㅇ

Quando ela envelheceu,
viúva com netos,
encontrou por acaso seu
primeiro amor.
Eram pessoas diferentes,
mas, no fundo de seus olhos,
reconheceu o rapazinho de antes,
e o coração bateu depressa.
O primeiro grande sentimento
nunca se esquece.

Só se cruzavam pelos corredores
na universidade.
Um dia começaram a se falar,
no bandejão.
Deu *match*.
Estão juntas até hoje
e já planejam um filho
por barriga de aluguel.

☐☐

Encarei minha vida
e descobri o hoje.
Começou com uma primeira
escolha
um longo tempo atrás.
Queria desfazer aquela escolha
e trilhar novos passos,
novos caminhos,
mas é possível começar de novo?

Ele só entendia o amor
dando presentes,
oferecendo trabalhos.
Todas as vezes era abandonado
quando o amado se dava bem.
Mesmo assim não entendi
o motivo de sua solidão.

ᗢ

Levou uma rasteira
do melhor amigo
e descobriu que era
seu pior inimigo.

Arrumou marido rico,
achou que estava feita na vida,
apaixonou-se por um,
os dois mataram o milionário
para aproveitarem a herança.
Foram pegos,
ela cumpre pena
e não sabe o que fazer
quando sair.

Foi contratado pela empresa
para inovar,
demitiu muita gente,
até com certo prazer,
pois considerava o trabalho
um campo de batalha.
Um dia também foi demitido,
considerou uma grande injustiça.

Era mãe de quatro filhos,
o marido sumiu.
Partiu para o tráfico,
comandou uma quadrilha,
foi presa,
mas deu uma casa para a irmã
criar a família.

Era o maior galinha
quando a conheceu.
Tornou-se fiel e,
aos amigos que estranhavam,
explicou
que no amor é preciso investir.

�

Ele a traiu mil vezes,
ela sabia,
mas sempre fechou os olhos
para manter as aparências.
Quando ela traiu uma só,
ele se separou.

☞

Eles se conheceram numa festa,
se beijaram
e se apaixonaram,
sem saber que eram irmãos
separados no nascimento.

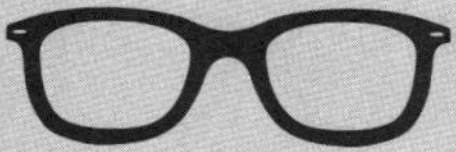

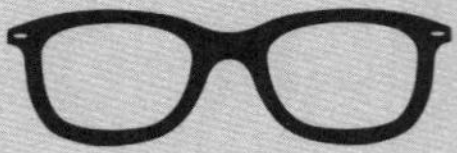

Agradeço a minha agente, Luciana Villas-Boas, e a meu editor, Mateus Duque Erthal.